MES ADIEUX

A LA VILLE

DE VALENCIENNES.

Après, vingt-quatre ans de résidence dans une Ville qui fut si souvent témoin des persécutions que j'y ai éprouvées, la fatalité de mon étoile me force,

D'aller loin de ces lieux chercher un autre asile.

Cependant quels que soient les malheurs que j'aie ressentis, je vais prouver aux personnes respectables qui m'ont honoré de leur estime, j'oserai même dire de leur considération, pendant tout le temps que j'ai habité dans leurs murs, que je n'ai rien fait qui ne puisse être avoué par tout honnête homme. Quoiqu'il répugne à la modestie d'entretenir le public de soi-même, surtout lorsqu'on a eu le bonheur d'être assez bien inspiré pour n'avoir qu'à se glorifier de ses actions, je fais un trop grand cas de la considération dont j'ai été l'objet, malgré mes infortunes, pour ne pas céder au désir de publier l'analyse de ma vie depuis vingt-quatre ans. J'y trouve en outre l'avantage de dissuader un vulgaire crédule et ignorant, qui auroit pu me juger désavantageusement sur des apparences trompeuses.

Comme mon intention n'est pas de fatiguer mes lecteurs par les détails fastidieux de tout ce que j'ai fait et éprouvé jusqu'à mon arrivée dans le Département du Nord, j'arrive de plein saut à cette époque.

Ce fut le premier Prairial an II que je vins à Douai muni d'une feuille de route, que j'avois sollicitée et obtenue pour pouvoir sortir des prisons du chef-lieu de mon Département, où j'étois détenu comme suspect, par arrêté d'un Comité de surveillance, pour avoir sauvé de l'échafaud dix cultivateurs de ma commune, accusés d'avoir favorisé le renversement des bustes de *Marat* et *Challier*. Je fus incorporé dans un Régiment de nouvelle formation, qu'on désignoit sous le nom de 9.me Régiment d'Artillerie.

Au mois de Fructidor de la même année, le Régiment dans lequel je servois, après être venu sous les murs de Valenciennes, alors au pouvoir des Autrichiens, fut destiné pour tenir garnison à Condé que les ennemis furent contraints d'évacuer. Si ces temps sont célèbres dans les fastes militaires des François, ils le sont bien autrement et d'une manière bien différente par le systême du Gouvernement qui pesoit alors sur la France ; et quoique Robespierre eût succombé quelques mois auparavant, la terreur n'en étoit pas moins encore à l'ordre du jour.

Ce fut sous ces sinistres auspices que je fus mis en réquisition pour exercer les fonctions de Secrétaire-Greffier de la Municipalité de CONDÉ qui s'appeloit alors *Nord-Libre*. J'en appelle au témoignage de ses habitans : ils savent dans quel désordre se trouvoient alors toutes les branches de l'Administration. Les salles et les bureaux de la Maison commune étoient encombrés de tous les papiers et titres saisis chez les émigrés ; plus de cent personnes respectables entassées dans une maison de détention ; la famine et un froid excessif exerçant leur ravage sur la classe indigente, tels étoient les maux que j'étois appelé à soulager : et ce qui contribuoit à augmenter mes embarras, c'est que pour mériter la confiance des Officiers municipaux, il falloit leur laisser croire que je partageois leurs principes républicains. A la vérité, je ne dus pas faire de grands efforts, car incapables de pouvoir rien faire par eux-mêmes, ils s'estimoient heureux d'avoir un collaborateur sur lequel ils pouvoient se reposer. Je ne fus donc que foiblement contrarié dans ce que j'entrepris pour le bien général. On se ressouvient encore à CONDÉ, avec quel zèle je me portai le défenseur des parens des émigrés et des ecclésiastiques, lorsqu'il s'agissoit d'alléger leur situation ; on n'a pas oublié que je passois une partie des nuits pour distribuer aux indigens du pain et du charbon ; on sait comment je parvins à faire mettre en liberté plus de quatre-vingts détenus ; mais les dangers que je courus à l'égard de douze d'entr'eux qui furent de nouveau incarcérés à Valenciennes, et qui devoient être conduits au Tribunal criminel à *Douai*, prouvent que je n'ai jamais hésité à payer de ma personne, quand il s'est agi du salut d'un innocent. Je prie mes lecteurs de me permettre d'entrer dans des détails sur cet évènement, que je me plais toujours à retracer, parce que je le crois digne de quelques éloges.

Il y avoit huit à dix jours que les détenus de Condé attendoient dans la prison de Valenciennes l'ordre de leur transfèrement à Douai ; outre qu'ils couroient la chance de subir une condamnation au Tribunal criminel, ils étoient au moins exposés à périr de froid, en faisant sur des charettes découvertes, la route de Valenciennes à Douai, dans la saison la plus rigoureuse de l'année, et surtout pendant l'hiver de 1794 et 1795. Je résolus donc de leur épargner cette fatale alternative. Pour y parvenir, je me munis d'abord d'un certificat des Membres du Conseil municipal, qui faute de savoir lire, signèrent de confiance, sans se douter du service qu'ils rendoient. Je vins à Valenciennes, je me présentai chez le Représentant alors en mission dans cette Ville, mais il m'annonça que le Tribunal étant saisi de la cause, il lui étoit impossible d'ordonner leur mise en liberté. Je sollicitai et j'obtins un sursis à leur départ; je me rendis le même soir à Douai. Comme il étoit trop tard pour arriver avant la fermeture des portes, et que, d'un autre côté, j'avois tout à craindre si l'on venoit à découvrir mes démarches à Condé, je pris une résolution qui pouvoit me devenir funeste, mais qui me réussit parfaitement.

A mon départ de Condé, j'avois endossé mon habit d'uniforme sous une capote bourgeoise : je m'étois muni du cachet de la Municipalité. Aussitôt que je me vis obligé d'aller à Douai, je mis sous enveloppe un gros paquet de papier blanc adressé au Président du Tribuual criminel : j'y apposai le cachet de la Municipalité, et je m'annonçai aux portes de Douai comme *Ordonnance*. On m'ouvrit sans difficulté; mais comme on vouloit me conduire au Comité révolutionnaire pour examiner mes dépêches, un assignat de 25 francs me sauva cette démarche qui me perdoit.

Je m'acheminai tranquillement à mon auberge, et je disposai mes batteries pour le lendemain. Il y avoit à cette époque une loi qui autorisoit les Tribunaux criminels des pays qui avoient été envahis, à juger en Chambre de conseil les nombreux détenus, sur les certificats de leurs Municipalités respectives, et les prévenus étoient même dispensés d'être présens, si des certificats leur étoient favorables. Mes cliens se trouvoient dans cette cathégorie : il ne s'agissoit plus que de présenter une requête en élargissement. Je ne devois pas m'arrêter en si beau chemin : je présentai ma requête comme Commissaire du Conseil général de la Commune de *Nord-libre ;* je fondois ma qualité sur le certificat que je produisis à l'appui, et j'eus le bonheur que tout réussit complètement; car, à trois heures du soir, je partois de Douai pour Valenciennes, porteur d'autant d'extraits du jugement (*) de mise en liberté qu'il y avoit de détenus.

Peu de jours après cet heureux résultat, je fus chargé par l'épouse d'un émigré de me rendre à Paris pour solliciter un sursis à l'enlèvement par réquisition de ses marchandises. A mon passage à Valenciennes, je fus aussi chargé des intérêts d'une demoiselle dont la mère étoit émigrée, qui avoit des réclamations à faire pour ce qui lui revenoit de son père mort depuis plus de vingt ans. J'eus encore le bonheur de réussir complètement dans mes démarches.

Tandis que je travaillois avec le plus grand zèle pour l'intérêt des malheureux, je trouvai encore le loisir de publier un petit ouvrage que m'avoit inspiré le désir de voir le rétablissement de l'autorité légitime. On sait que dans ces temps de désordre et de calamité, il y avoit peine de mort contre quiconque

(*) 1.er Nivose an III.

auroit parlé de royauté. Je n'en eus pas moins le cou-
rage de manifester mon opinion en faveur du Gouvernement monarchique. Ce petit opuscule qui n'avoit
sans doute d'autre mérite que celui que lui donnoient
les circonstances, n'en fut pas moins accueilli avec un
tel empressement, qu'il fut contrefait à Tournai, au
nombre de plus de 2000 exemplaires.

Si j'acquis par cette petite production une espèce
de célébrité, combien elle me devint funeste quelque
temps après ! Mon mariage avec la fille d'une émigrée,
la mise en liberté de ce qu'on appeloit les aristocrates
de *Nord-libre*, et plus encore ma petite production,
furent les trois principaux objets qui me firent connoître à mon arrivée à Valenciennes. Dans tout autre
temps, ils m'auroient valu des éloges ; mais alors il
n'en falloit pas tant pour me faire passer aux yeux
de ceux qui se disoient patriotes, comme un de leurs
antagonistes. Quelques démarches qu'ils firent près de
moi pour m'engager à m'enrôler sous leurs bannières,
en me faisant recevoir à la Société populaire, et le
refus que je fis d'entendre à aucune de leurs propo-
sitions, les confirma dans leur manière de penser sur
mon compte.

Dès lors ils me jurèrent une haine implacable, et
n'attendoient qu'un moment favorable pour m'en faire
ressentir les effets. Il ne tarda pas à se présenter.

Tout le monde sait que l'emblême de la liberté,

3

adopté par les républicains exaltés qui s'honoroient
de la qualification de *Jacobins*, étoit un *bonnet rouge*.
Toutes les têtes des frères et amis en étoient couvertes;
ils en avoient surchargé tous les édifices publics, et
les salles de spectacles n'avoient pas été oubliées. Cependant on étoit revenu de cette ridicule niaiserie
dans l'intérieur de la France : mais comme pendant
ces jongleries républicaines, Valenciennes étoit au pouvoir des Autrichiens ; cette Ville devoit aussi passer
par toutes les filières de la révolution pour se trouver
au niveau avec toutes les autres parties de la France :
il n'est donc pas étonnant que le bonnet rouge y fût
en vénération, lorsque déjà il avoit disparu par-tout
ailleurs ; et comme son inauguration avoit été le signal
de grands désastres, sa chute ne pouvoit manquer de
causer quelques fâcheuses catastrophes.

Un respectable Négociant de Valenciennes et moi
fûmes les victimes de notre empressement à vouloir
faire disparoître celui qui se voyoit au frontispice de
l'avant-scène du théâtre de cette Ville. Depuis long-
temps les honnêtes citoyens s'impatientoient de voir
l'obstination de l'autorité locale à laisser subsister ce
signe de la licence. On ne vouloit pas cependant manifester son mécontentement de manière à troubler la
tranquillité publique ; on imagina d'employer les armes
du ridicule. On convint de jeter des couplets sur la
scène, et on me fit l'honneur de me charger de les
composer. On devoit croire que ces couplets feroient

'rire, et que *le bonnet rouge* disparoîtroit. Mais on ne transige pas à si bon marché avec les méchans. Les couplets ne furent pas chantés. Le négociant qui voulut montrer de l'obstination, fut arrêté et traduit en police correctionnelle (*) ; il fut condamné à six mois de prison, qu'il n'évita qu'en se rendant en poste à Paris, où il fit casser ce jugement inique.

Quant à moi, après avoir engagé les spectateurs à ne pas insister sur ce que mes couplets fussent chantés, puisque le Commissaire de police du spectacle s'y opposoit, je les fis imprimer le lendemain, et ils furent distribués avec une note relative à la scène de la veille.

Ce fut de cette note que l'Administration municipale prit le prétexte d'une dénonciation contre moi à l'autorité judiciaire militaire qui, pour servir sa vengeance, me condamna à dix mois de prison (**). On ne sera pas étonné de ce jugement, quand on connoître les Juges devant lesquels je dus comparoître.

Le Président étoit un mauvais tailleur qui ne devoit sa nomination qu'à sa femme assez jolie qui la lui avoit fait obtenir du Conventionnel *St-Just.* Le 1.er assesseur étoit un ferblantier, et le 2.e un soldat de la garnison qui sortoit de faire des balais dans la forêt de St. Amand. Tels étoient les trois *illustres* Magistrats à qui l'Administration municipale de Valenciennes

(*) 30 Germinal an III.
(**) 9 Floréal an III.

ne craignoit pas de confier l'honneur et la liberté de
ses administrés.

Je n'en fus pas moins incarcéré ; et par un raffine-
ment de cruauté, je fus mis au secret, jusqu'au moment où le Commandant d'armes, par un abus de
pouvoir des plus monstrueux, me fit transférer de
brigade en brigade jusqu'à Beauvais. C'est de là que
je portai mes plaintes au Gouvernement, dans un
mémoire imprimé. Elles furent entendues, et au bout
de deux mois, j'obtins ma liberté (*). Mais ma modique
fortune en fut singulièrement altérée ; car ce petit
échec y fit une brèche de plus de mille francs.

Après cette espèce de triomphe, j'avois l'espoir de
jouir au moins de la tranquillité, mais je fus bien
trompé dans mon attente; car quelques semaines après
mon retour, le parti révolutionnaire, consterné de
voir que l'ordre se rétablissoit, fit rédiger et colporter
à la signature une adresse à la Convention, par laquelle
il dénonçoit les autorités nouvellement réélues, comme
protégeant les prêtres et les émigrés. Cette adresse
étoit conçue en des termes si peu mesurés, qu'elle
devint même suspecte au Comité de sureté générale,
et son rapporteur demanda qu'elle fût renvoyée dans
les bureaux pour être examinée.

Aussitôt que les papiers publics eurent rendu compte
de cette adresse et de la réception qu'on lui avoit faite,

(*) 11 Messidor an III.

nous crûmes mes amis et moi qu'il étoit de l'intérêt de la saine majorité des habitans de Valenciennes de rédiger une autre adresse diamétralement opposée à celle dont on venoit de faire justice. Cette seconde adresse fut signée par 432 personnes parmi les plus respectables de la Ville ; elle fut envoyée à sa destination, et reçut l'accueil le plus favorable.

Nouveau motif de haine contre moi : je fus en butte aux plus violentes persécutions. Mes ennemis poussèrent leur rage jusqu'à vouloir m'assassiner, et je ne dus mon salut qu'en me réfugiant au sein de la Municipalité. Je reçus le même soir une lettre du Procureur-Syndic du District qui m'engageoit, pour la sureté de ma personne, de m'éloigner de la Ville. Je me rendis à Paris ; je me présentai à la Barre de la Convention ; (*) je lui rendis compte du désordre dont j'avois failli d'être la victime, et on envoya un Représentant en mission qui réorganisa en partie l'autorité municipale.

J'avois lieu de croire qu'à la fin je goûterois le repos. Mais mon espérance fut bientôt déçue, et une mesure inconsidérée qui fut prise par le Commissaire du pouvoir exécutif près l'administration municipale, m'occasionna de nouveaux désagrémens. Dans l'intention sans doute de vexer ses concitoyens qui ne partageoient pas ses opinions, ce fonctionnaire fit arrêter en masse et conduire à la citadelle tous les jeunes gens de famille qui, par leur âge, étoient présumés avoir appartenu à la réquisition.

(*) 21 Fructidor an III.

Quoique marié depuis deux ans, quoiqu'inscrit au rôle des habitans de Valenciennes, payant les contributions, et faisant le service de la garde nationale, l'occasion de me persécuter se présentoit trop favorable pour la voir échapper. Je fus donc aussi arrêté et conduit à la citadelle, de la manière la plus outrageante. Je fis sur-le-champ mes réclamations à l'autorité, qui ne put se dispenser d'y faire droit.

Il y avoit à peine deux heures que je jouissois de ma liberté, quand une nouvelle catastrophe vint encore m'en priver.

Je me promenois tranquillement sur la place, lorsqu'en passant dans la rue derrière la tour, un individu que j'ai su peu après être un savetier, se présente à moi, les manches de sa chemise retroussées jusqu'aux coudes, la tête couverte d'un sale bonnet rouge, et un vieux tablier de peau devant lui ; et sans autres préliminaires, il m'assène plusieurs coups de poing qui me font trébucher, et disparoît aussitôt. Cette brutalité indigna les nombreux spectateurs qui en furent témoins : ils crièrent *la garde* : mais loin d'arrêter l'agresseur, ce fut moi qu'on conduisit au corps de garde, où je restai jusqu'au soir. Au moins devois-je en être quitte à ce prix. Pas du tout ; vers sept heures du soir, je reçus de mon assassin une assignation pour comparoître en justice, *pour lui avoir donné des coups de bâton ;* et ce qui surpasse toute conception, c'est que le lundi suivant, je fus condamné à trois jours de prison, à l'amende et aux frais. (*)

Cependant il arrive souvent que les plus sinistres aventures sont tempérées par des évènemens dont les charmes en peuvent balancer l'amertume : c'est ce que j'éprouvai pendant ma détention de trois jours. Nous en étions au 18 Fructidor, l'une des époques les plus désastreuses de la révolution. Le Gouvernement faisoit transférer au-delà du Rhin les prêtres et les émigrés rentrés. Il en arriva à Valenciennes un assez grand nombre, qu'on conduisoit des prisons de Douai, en sorte que la prison qui déjà étoit passablement remplie, se trouva tellement encombrée, qu'il fallut entasser ces malheureux sur la paille. J'aurois voulu les pouvoir contenir tous dans ma petite cellule, cependant je l'offris avec mon lit à deux respectables prêtres, l'un curé de Saulzoir, et l'autre religieux de l'ordre de Cluny. J'avoue que je m'estimai alors presqu'heureux d'être en prison. Je ne prétends cependant pas tirer avantage d'une action aussi naturelle ; je ne la rapporte ici que pour mettre de l'ordre dans ma narration.

Enfin fatigué de tant de persécutions, je me décidai à me retirer dans ma famille, pour y attendre un avenir plus heureux. J'y restai dans l'inaction jusqu'en l'an X, que je crus devoir revenir à Valenciennes, pour terminer des affaires d'intérêt. J'espérois avoir bientôt l'occasion de retourner occuper la place de

(*) 9 Fructidor an IV.

Notaire à laquelle je venois d'être nommé; mais un procès que j'eus à soutenir contre le locataire d'une maison qu'il tenoit de moi, et qui avoit en même temps ma procuration pour gérer en mon absence, me retint pendant trois ans, et me fit perdre tout espoir de recouvrer mon emploi.

Pour me dédommager de cette perte, je résolus de publier une feuille périodique à Valenciennes. J'en fis le *Prospectus* que j'adressai à l'autorité locale; et le 1.er janvier 1806, je fis paroître le premier numéro; je n'en étois qu'à mon sixième numéro, quand j'éprouvai une contrariété qui paralysa mes ressources et hâta la chute de mon entreprise. J'avois, comme je l'ai dit plus haut, adressé mon Prospectus à l'autorité locale; j'envoyois exactement un exemplaire de chaque numéro au Préfet, au Sous-Préfet et à la Mairie de Valenciennes; je devois bien me croire parfaitement en règle. Quel ne fut pas mon étonnement, lorsque le Maire me fit signifier un arrêté du Préfet, portant que n'ayant pas obtenu l'autorisation du Ministre de la police générale, la publication de ma feuille étoit suspendue jusqu'à ce que j'aie rempli cette formalité! Il est certain que si le Préfet, ou plutôt celui qui remplissoit ses fonctions *par interim*, eût été disposé à favoriser un établissement qui ne pouvoit qu'être avantageux aux habitans de Valenciennes et des environs, il auroit pu autoriser provisoirement la pu-

blication, sauf l'approbation du Ministre; mais comme
son amour-propre s'étoit trouvé blessé, de ce que le
Maire de Valenciénnes ne lui en avoit pas fait la dé-
férence, il n'hésita pas de lui sacrifier mes intérêts
personnels et l'agrément de mes abonnés. Je me vis
donc forcé de suspendre mon travail : je rendis compte
des motifs à mes souscripteurs ; mais la calomnie ne
manqua pas de faire circuler que j'avois fait banque-
route du trimestre. Cependant, après des démarches
très-dispendieuses à Douai, à Lille et à Paris, j'obtins
l'autorisation ; et le 6 avril, la feuille reparut de nouveau. Alors, son produit étoit infiniment précaire. Le
Code judiciaire n'étoit pas encore en activité ; les in-
sertions des articles ne se payoient pas à vingt - cinq
centimes la ligne, mais seulement à cinq centimes,
et les abonnemens n'étoient que de trois francs par
trimestre ; si l'on ajoute à la modicité de ces prix, la
perte d'au moins 600 francs que j'éprouvai par la sus-
pension, on ne sera plus étonné que malgré mes efforts, il me fut impossible de continuer la publication plus de treize mois. Mais comme j'avois reçu le
premier trimestre de 1807, et que j'avois encore deux
mois à servir les abonnés, je cédai mon privilége à
cette seule condition ; il fut néanmoins convenu avec
mes cessionnaires que dans le cas où la feuille se main-
tiendroit avec succès, on me feroit une gratification de
600 francs. On sait les bénéfices qu'en a retirés et qu'en
retire encore journellement l'éditeur actuel, et cepen-

dant il a si peu de mémoire, qu'il a oublié la parole qu'il m'avoit donnée d'une gratification en cas de bénéfice.

Privé de ce foible et unique moyen d'existence, je me vis contraint d'entrer en qualité de sergent-major dans la garde nationale active; et depuis 1807 jusqu'au mois d'avril 1814, je n'ai cessé de me rendre utile par mes connoissances en comptabilité, dans le nouvel état que les circonstances m'avoient forcé d'embrasser.

Ce fut pendant cette époque, que je perdis mon épouse que les malheurs avoient affectée d'une maladie chronique; et il ne m'est resté de cette union qu'un fils affecté d'une aliénation mentale occasionnée par les persécutions que sa mère avoit éprouvées pendant sa grossesse, notamment pendant les trois premiers mois, où plus de vingt chasseurs de la garde nationale lui portèrent les sabres nus sur la gorge, pour lui faire déclarer le lieu où je m'étois réfugié.

A la première arrivée du Roi, j'espérois qu'on m'auroit tenu compte de tout ce que j'avois fait pour sa cause, surtout au siége de Toulon en 1793, où je fus exposé aux plus grands dangers dans les rangs des royalistes. Pour ne rien négliger de ce qui pouvoit contribuer à me procurer un emploi, je me rendis à Paris pour solliciter; mais les funestes évènemens du 20 mars anéantirent encore une fois mes espérances.

Pendant les cent jours, je fus plusieurs fois mandé à la police; on m'y fit des menaces sur ce qu'on m'accusoit tenir des propos royalistes. Il n'en fallut pas davantage pour me faire observer de la manière la plus rigoureuse. Je savois qu'on se disposoit, en cas de siége, de persécuter ceux qui s'étoient ouvertement prononcés pour la légitimité, j'étois bien résolu à aller rejoindre l'armée royale à Gand; je ne pus exécuter ma résolution que le 15 juin; ce retard me fut funeste : comme cette époque étoit trop rapprochée du 18 juin, je fus arrêté à Tournai, par mesure de sureté, conduit de brigade en brigade jusqu'à Bruxelles, et ce ne fut que dix-sept jours après que je fus mis en liberté. Enfin, Valenciennes s'étant soumise à l'autorité royale le 19 juillet, j'y rentrai le 23.

Une chose vraiment extraordinaire, c'est que dans le même temps où je fus incarcéré en Belgique pour mon attachement à la cause royale, mon frère qui étoit courrier des dépêches de Paris à Lille, se trouvant renfermé dans cette dernière ville, voulut dans son empressement retourner à Paris; après en avoir prévenu le Directeur des postes, qui s'opposa à ce qu'il partît avec sa malle, il monta une chaise de poste; mais à son arrivée à Lens, comme il étoit connu pour être courrier de dépêches, on lui supposa des intentions hostiles, il fut arrêté par la populace et auroit infailliblement péri, sans l'intervention des autorités qui, pour le sauver, le firent conduire sous escorte dans les prisons d'Arras, d'où il ne sortit que huit jours après pour apprendre sa destitution. Ce coup fatal rejaillit sur moi, et me priva des secours que son amitié me fournissoit.

Cependant j'avois lieu d'espérer que mes malheurs étoient à leur terme. Je voyois l'autorité royale s'affermir, et ses plus zélés défenseurs appelés aux emplois. Je devois bien croire que je ne serois pas oublié; en attendant, je publiai une petite brochure intitulée : *Précis historique sur les évènemens qui se sont passés à Valenciennes, pendant le siége de* 1815. J'avois pensé que cette bluette auroit attiré sur moi les regards des dispensateurs des grâces; mais vains efforts : ma brochure fut lue, approuvée par les uns, blâmée par les autres, et tomba dans l'oubli.

Depuis lors, mon existence n'a été que précaire; je ne la dois en partie qu'à la bienfaisance des personnes qui m'honorent de leur estime; mais puisque rien n'annonce un changement à ma triste situation, j'ai résolu de retourner dans mon pays natal, pour tâcher d'y utiliser mes foibles talens.

Maintenant que j'ai rendu compte de vingt-quatre ans de ma vie politique, je dois aussi faire l'analyse de ma vie privée.

Tant que j'ai vécu parmi les habitans de Valenciennes, on ne m'a jamais vu rien faire, ni rien dire qui ait pu porter atteinte à aucune réputation; jamais non plus je ne me suis livré à aucun de ces excès qui dénotent un vice dans le caractère ou dans l'éducation. Quoique j'aie eu à me plaindre dans les temps de désordre de plusieurs individus, je me suis fait un devoir de l'oublier. J'ai même dans les circonstances cherché les occasions de leur être utile. Des personnes peu versées dans mes affaires de famille, ont prétendu que j'avois dissipé la fortune de mon épouse; j'ai préféré de supporter l'odieux de cette inculpation, plutôt que de rien révéler qui auroit pu nuire à la considération dont jouissoient ses parens. Cependant les personnes qui sont au courant des affaires de la famille Puche, savent bien que les dettes dont elle étoit accablée, absorbèrent son actif; elles savent que mon épouse se trouvant solidairement obligée avec ses parens, nous avons préféré faire un abandon total aux créanciers, plutôt que d'acquérir les biens de la république qui seroit devenue alors passible des dettes.

Je termine en priant les personnes bienfaisantes qui m'ont assisté de leurs bourses et de leurs conseils, d'agréer mes sincères remercîmens.

Il me reste encore un devoir à remplir, et que je ne pourrois négliger sans être taxé d'indélicatesse. Je veux parler des petites dettes que je me suis vu forcé de contracter. Tant que j'ai pu en couvrir quelques-unes par mes économies ou à force de privations, on sait avec quel empressement je me suis imposé cette obligation ; on sait que j'ai porté le zèle à m'acquitter envers mes créanciers, au point de souscrire un remplacement pour payer une dette sacrée, celle d'un boulanger qui avoit eu la confiance de me fournir du pain et à ma famille, pendant dix-huit mois. Cette manière d'agir suffit pour donner une idée de l'empressement avec lequel je remplirai mes autres engagemens, aussitôt que les circonstances pourront me le permettre.

Puissent ces observations me mériter la continuation de la bienveillance des personnes respectables qui m'en ont honoré, et dissuader celles qu'une injuste prévention auroit indisposées contre moi : je les prie d'agréer mes adieux, et je leur souhaite tout ce qui pourra contribuer à leur félicité.

J. E. RACLET.

LILLE. — IMPRIMERIE DE L. LEFORT.

17